클로드의 깜짝선물

클로드의 깜짝 선물

글 · 그림 데이비드 위토위즈 / 옮긴이 서남희 / 펴낸이 임종원 / 펴낸곳 킨더랜드
등록 제 03-1114호 / 주소 경기도 파주시 교하읍 문발리 509-3 [파주출판단지]
전화 031) 955-4961 / 팩스 031) 955-4960

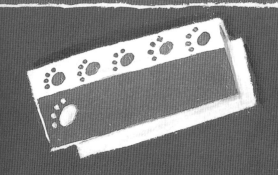

클로드의
깜짝 선물

데이비드 워토위즈 글·그림 | 서남희 옮김

클로드는 북극에 사는 애니 고모할머니 댁을 방문할 거예요.
그 곳에는 눈이 많이 내린대요. 클로드는 한 번도
눈다운 눈을 본 적이 없기 때문에 가슴이 설레었어요.

클로드는 파란 여행 가방에 필요한 짐들을 모두 쌌어요.

도 착		출 발	
코르퓨	4	북 극	1
이비자	9	시드니	8
북 극	3	도 쿄	7

클로드는 비행기를 타고 갈 거예요. 엄마 아빠가 클로드를
공항까지 데려다 주었지요. 공항은 정말 분주했답니다.
모두들 여행 가방을 들고 뛰어다녔어요.

탑승 수속 후, 아빠가 여행 가방을 이동 벨트 위에 올려놓았어요.
클로드는 비행기 안에서 함께 있을 멋진 여자 분을 만났어요.

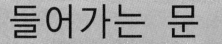

들어가는 문 ➡

엄마와 아빠는 클로드를 힘껏 안아 주며 말했어요.
"집에 돌아오면 깜짝 선물이 기다리고 있을 거야."

클로드는 비행기가 이륙할 때 밖을 향해 손을 흔들었어요.
부모님과 떨어지는 게 약간 무섭긴 했지만
비행기 안에서는 할 일이 많았어요.

만화도 보고, 플라스틱 쟁반에 있는 점심도 먹고,
창문을 통해 둥실둥실 떠가는 구름도 보았어요.

북극에 도착하자, 애니 할머니가 공항에서
클로드를 기다리고 있었어요.
"많이 자랐네! 네가 아기였을 때 보고 처음이구나."
애니 할머니가 웃으며 반겨 주었어요.

환영합니다.
즐거운
여행되세요.

로비에서 이글루와
통나무집을 예약하세요.

클로드는 집에 와서 뜨거운 우유와 쿠키를 먹었어요.
그러고는 침대에 누웠지요. 애니 할머니는 클로드가
잘 도착했다고 클로드의 부모님께 전화를 했어요.
클로드는 이불을 덮고 엄마 아빠가 지금쯤 무얼
하고 있을까 생각했어요.

"클로드! 일어나서 눈이 내리는 것 좀 보렴!"
다음 날 애니 할머니가 큰 소리로 클로드를 깨웠어요.
클로드는 벌떡 일어나 밖으로 뛰어나갔지요.
사방이 눈으로 덮여 있었어요.

시간은 빨리 지나갔어요. 클로드는 날마다
눈 위에서 재미있는 시간을 보냈답니다.

눈썰매 타는 것도 정말 재미있었어요.

클로드는 애니 할머니와 사슴이 끄는
썰매를 타기도 했어요.

스키도 배웠지요…… 아주 어려웠지만 말이에요!

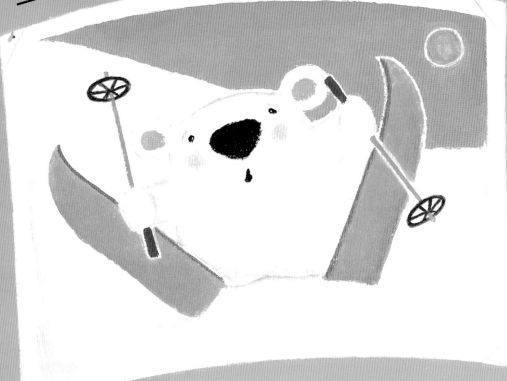

그 주가 끝날 무렵, 클로드는 엄마 아빠가 그리워졌어요.
"눈으로 곰을 만들어 보지 않겠니?"
애니 할머니가 제안했어요.

클로드는 큰 눈덩이를 만들고, 눈으로 만든 귀를 얹었어요.
돌멩이로 눈을 만들어 붙이고, 과자로는 코를 만들었어요.
"엄마에게 보여 줄 사진을 찍자!" 애니 할머니가 말했어요.

여행 마지막 날, 클로드는 엄마 아빠가
말한 깜짝 선물이 갑자기 생각났어요.
클로드도 엄마 아빠에게 줄 깜짝 선물을
준비하고 싶었어요. 하지만 뭐가 좋을지
얼른 생각이 나지 않았어요.

사랑하는 루돌프로부터

무심코 창밖을 보던 클로드에게 좋은 생각이 떠올랐어요.
클로드는 애니 할머니에게 큰 상자를 달라고 부탁했지요.

집으로 돌아가는 비행기에서 그 멋진 여자 분을 또 만났어요.
그녀는 클로드와 옆 좌석에 놓인 큰 포장 꾸러미에
안전벨트를 매 주었어요.

클로드가 밖을 향해 손을 흔들며 작별 인사를 할 때,
엔진이 큰 소리를 내더니 비행기가 공중으로 떠올랐어요.
클로드는 집에 금방 도착하게 된다는 것을 알았어요.

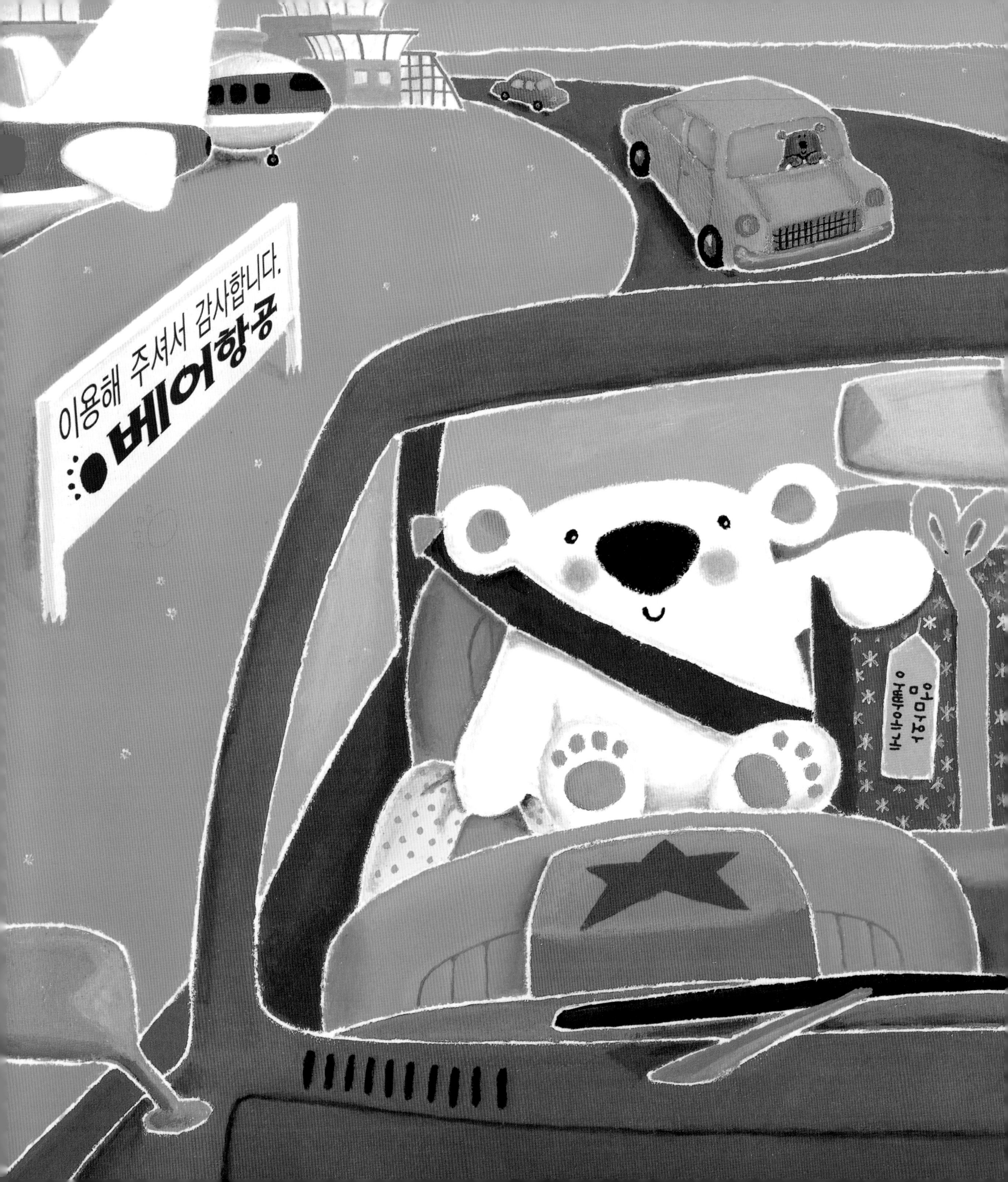
이용해 주셔서 감사합니다.
베어항공
엄마와
아빠에게

공항에서 아빠가 클로드를 기다리고 있었어요.
아빠는 클로드를 따뜻하게 안아 주며 말했어요.
"자, 어서 가자. 엄마가 깜짝 선물을 가지고
집에서 널 기다리고 있단다."
클로드도 자기의 깜짝 선물을 얼른
보여 주고 싶었어요.

클로드는 엄마를 보자마자 가져온
포장 꾸러미를 건네 주었어요.
엄마는 선물을 조심스럽게 열어 보았지요.
하지만 그 안에는 젖은 진흙만 있었어요.
깜짝 선물로 준비한 눈곰이 다 녹은 거예요!
클로드는 무척 당황했어요.

"클로드, 정말 멋진 깜짝 선물이었겠구나.
하지만 엄마는 네가 집에 돌아온 것이 더욱 기쁘단다."
엄마가 클로드를 위로해 주었어요.
"자, 이쪽으로 와서 우리의 깜짝 선물을 보지 않겠니?"

클로드는 엄마를 따라서
침실로 들어갔어요.
그 곳에는 살아 있는 작은 눈곰이
흔들 침대에 누워 있었어요…….
"크리스탈이야." 엄마가 말했어요.
"네 여동생이란다."

클로드는 크리스탈이야말로
최고의 깜짝 선물이라고
생각했어요.

사랑하는 애니 할머니께

여기 저의 최고의 깜짝 선물이에요.
사랑스런 클로드로부터

글·그림 ǀ 데이비드 워토위즈
골드스미스 대학을 졸업했으며, 많은 어린이 책을 쓰고 그린 작가이자 일러스트레이터입니다.
1998년에 《사랑하고 싶은 사자》로 '영국 아동도서연맹 어린이 도서상'을 받았고, 2000년에 《클로드를 안아 주세요》로
'셰필드 어린이 도서상'을 받았습니다. 이 작품은 큰 성공을 거두어 그 뒤로도 클로드를 주인공으로 하는 시리즈가 계속 출간되었습니다.
이 밖에도 《와글와글 정글》《와글와글 바다》《동물들의 ABC》 등 많은 그림책이 있습니다.

옮김 ǀ 서남희
미국 미시간 주에서 10년간 살면서 UCLA에서 TESOL(영어 교수법) 자격증을 취득했습니다.
이스트 랜싱에 있는 '한마음 한글학교'의 외국인반 교사로도 활발한 활동을 했으며,
현재는 귀국해서 1999년부터 운영해 오고 있는 'The Cozy Corner'와 '부모클럽'에 자료와 칼럼을 연재하고 있습니다.
지은 책으로는 《아이와 함께 만드는 꼬마 영어 그림책》 외에 다수가 있습니다.